veloz como o vento

Copyright © 2024
por Leonardo Guzzo
Título original: *Beco. Vita in romanzo di Ayrton Senna.*

Todos os direitos desta publicação reservados à Maquinaria Sankto Editora e Distribuidora LTDA. Este livro segue o Novo Acordo Ortográfico de 1990.

É vedada a reprodução total ou parcial desta obra sem a prévia autorização, salvo como referência de pesquisa ou citação acompanhada da respectiva indicação. A violação dos direitos autorais é crime estabelecido na Lei n.9.610/98 e punido pelo artigo 194 do Código Penal.

Este texto é de responsabilidade do autor e não reflete necessariamente a opinião da Maquinaria Sankto Editora e Distribuidora LTDA.

Diretor-executivo
Guther Faggion

Editora-executiva
Renata Sturm

Diretor Comercial
Nilson Roberto da Silva

Editor
Pedro Aranha

Preparação
João Francisco

Revisão
Giovanna Barsotti

Marketing e Comunicação
Rafaela Blanco, Matheus da Costa

Diagramação
Matheus da Costa

Direção de Arte
Rafael Bersi

DADOS INTERNACIONAIS DE CATALOGAÇÃO NA PUBLICAÇÃO (CIP)
ANGÉLICA ILACQUA – CRB-8/7057

Arc, Rodrigo Del
   Veloz como o vento : a vida de Ayrton Senna em romance / Leonardo Guzzo ; tradução de Rodrigo Del Arc. -- São Paulo : Maquinaria Sankto Editora e Distribuidora Ltda, 2024.
   160 p.

     ISBN 978-85-94484-24-6
Título original: Beco. Vita in romanzo di Ayrton Senna

     1. Literatura italiana 2. Senna, Ayrton, 1960-1994 3. Automobilismo - Brasil I. Título

24-0510   CDD-853

ÍNDICES PARA CATÁLOGO SISTEMÁTICO:
1. Literatura italiana

maquinaria EDITORIAL

Rua Pedro de Toledo, 129 - Sala 104
Vila Clementino – São Paulo – SP, CEP: 04039-030
www.mqnr.com.br

VELOZ COMO O VENTO

A vida de Ayrton Senna em romance

LEONARDO GUZZO

mqnr

Tradutor: Rodrigo Del Arc

Ao Angelo, Anna e Mariano.

AO LEITOR BRASILEIRO

Ayrton Senna pertence ao Brasil. Isso é demonstrado pelo grito fervoroso e interminável com que comemorou sua primeira vitória no Grande Prêmio em sua casa, Interlagos, em 1991.

Isso é demonstrado, ainda mais, pela escolha de reproduzir em seu capacete as cores da bandeira brasileira: verde, amarelo, azul — mas em proporções invertidas. O capacete de Senna era amarelo e coberto por duas listras: uma verde e outra azul. Foi a sua homenagem ao país que tanto amava e que tinha orgulho de representar; mas foi, ao mesmo tempo, a forma de criar uma bandeira pessoal e reconhecível, de se considerar uma nação em si, amada em toda a parte por milhões de pessoas.

Ayrton Senna também pertence ao mundo. Amavam-no em todos os lados, porque era um vencedor, porque era atraente e possuía um carisma natural, que não necessitava de esforço nem de excessos para ser transmitido.

Eles o amavam por personalidade. Porque não se contentava em controlar as corridas, em somar os pontos necessários para vencer o mundial: queria vencer sempre. Era como se a cada largada ele colocasse tudo o que tinha em risco, apenas para recuperá-lo após a bandeira quadriculada.

Por isso era amado pelos ousados, pelos tímidos — que queriam ser ousados —, pelos que sonhavam com a redenção e todos aqueles que diariamente se equilibravam na corda bamba, que faziam magia para sobreviver.

A Itália estava no destino de Senna. A família de sua mãe veio da Itália, cujo sobrenome ele escolheu; na Itália, ele correu de kart e completou parte de seu aprendizado na Fórmula 1. Por uma reviravolta do destino, Ayrton morreu na Itália, na sexta volta do Grande Prêmio de San

Marino, no circuito de Ímola, na curva Tamburello, onde hoje uma estátua de bronze o homenageia.

Como torcedor italiano do Senna, sinto isso como uma circunstância que cria um vínculo especial, que acarreta uma espécie de responsabilidade. Ouvir um médico do hospital de Bolonha dizer em italiano: "O coração de Senna parou de bater" é um sentimento que jamais será esquecido.

Empenhei-me na ideia de descrever Senna como um herói da antiguidade, como um personagem de Homero, à tradição italiana, ao legado da cultura clássica.

Sempre olho para Senna com meus olhos de menino e enxergo outro menino. Não simplesmente alguém que correu e venceu. Muito mais: alguém que cultivou o sonho de ser o mais veloz e tentou manter o mundo dentro disso.

PRÓLOGO

Vencedor de quarenta e uma corridas, três vezes campeão mundial, ídolo de milhões...

Talento, requisito fundamental para roubar o fogo dos deuses. Habilidade divina e atrevimento humano, daqueles que observam o fogo e invejam as estrelas. É preciso vencer tempestades, as de fora e as de dentro, transcender obstáculos, controlar as emoções e, acima de tudo, resistir aos extremos do calor e do frio nos lugares mais vertiginosos. É imprescindível ter fé no destino e em um deus que no fim terá o rosto de si mesmo, e sempre exercitar a destreza e a velocidade. Ecoar o atrito entre duas pedras, girar a engrenagem, derrapar a borracha dos pneus no asfalto.

Invariavelmente, alcança-se o instante em que os deuses se vingam com um toque de sarcasmo, acompanhado da temível inevitabilidade de uma lei decretada pelos céus. Não há escapatória, sem exceção.

Existem várias formas de contar a história de Ayrton Senna; e uma delas, talvez a mais adequada, é cantá-la. Podemos construir um mosaico ao redor dela, e não a fragmentar, não a elucidar, mas sentir seu perfume. Confiar a narrativa a amigos e amantes, companheiros, familiares e até mesmo ao próprio Senna, retratados como personagens literários. Dessa forma, situá-la em uma zona intermediária entre o registro e o romance, entre a precisão e a fantasia. No espaço clássico do mito.

Afinal, talvez, Ayrton Senna de fato tenha roubado o fogo dos deuses. Em trinta e quatro anos de vida (de 21 de março de 1960 a 1º de maio de 1994), construiu sonhos para os outros e para si mesmo. Em onze anos como piloto de Fórmula 1, vencedor de quarenta e uma corridas, três vezes campeão mundial, ídolo de milhões no Brasil e de muito mais pessoas mundo afora, queimou energia na raiz dos impulsos e do ímpeto vital, no cerne da personalidade. Sofreu um destino talvez inevitável, que pede constante redenção. Morreu em um dia de sol esplêndido, quando nunca se deveria morrer.

E assim ele sabia viver. Aprisionado em um sentimento de solidão, em uma graça que não existia fora, exceto no vento, na série conturbada, na percepção de um além, no tempo cada vez mais curto que servia para alcançá-lo. E ultrapassá-lo.

1/24

O herói soltou um grito longo, agudo, sobre o rugido dos motores, por toda uma volta após a linha de chegada.

Homens de macacões laranja davam cambalhotas. Dos muros das arquibancadas subiu um grito altíssimo, um estrondo sacudindo a terra.

As arquibancadas, como as construções desordenadas empilhadas nos morros de São Paulo, pareciam abismos infernais. Um muro quase vertical, repleto de formigas que se aglomeravam nas grades, a agitação de uma imagem que parecia compacta, o turbilhão interno de uma nuvem. Homens simples se abraçavam, erguiam-se uns sobre os outros, amontoados, criando figuras acrobáticas — pirâmides, cachos, cada uva com valor de algumas centenas de reais. Cada homem naquele quadro valia o preço do ingresso. Nada mais existia na sua humanidade.

O ingresso e essa alegria suja, estéril, um contentamento pelo simples ato de se alegrar, devorado pelas mordidas insaciáveis da fome.

"Deus Ayrton". Os homens de macacão laranja rolavam na grama perto das zebras,[1] ao longo do muro dos boxes, durante todo o trecho reto que levava à linha de chegada. Havia três dias que os chamavam de comissários e tinham estremecido — um enorme ato de contenção da satisfação — para fingir imparcialidade. Até a última volta, os músculos tremiam logo abaixo da pele: a um passo da evidência, sempre incerta, sempre revogável. "Ayrton perdeu as marchas", corria de posto em posto ao longo de toda a pista. Por seis voltas ele estava apenas com a sexta marcha: alguém mais perto dos boxes o captou pelo rádio e contou aos outros. Como se anda só na sexta? Na sexta apenas, digo... O aroma de lenda se espalhou por todo o circuito.

---

1. É um jargão para os limites listrados da pista de corrida de Fórmula 1. (N.E.)

Depois, Senna na curva Ferradura, na variante, na entrada da parabólica, na passarela final. Eles o acompanharam como tantos saltimbancos,[2] bufões animadores do triunfo.

O herói soltou um grito longo, agudo, sobre o rugido dos motores, por toda uma volta após a linha de chegada. Gritavam em três, em quatro: piloto e criança, criança e carrinho, rapaz e kart, com o eco do Tchê.[3] Um grito histérico de quase cuspir a alma, reivindicar a glória, esculpir o louvor em uma camada profunda, depois do céu.

Então ele parou. Como um cetáceo, um colosso marinho encalhado. Exausto. Imóvel. Num clima irreal, de ironia amarga, os comissários e os médicos correram para ele; retiraram-no do *cockpit* como se transplantassem uma planta, com a delicadeza de preservar as folhas, as

---

2. Saltimbancos é o nome de uma peça italiana de teatro infantil, inspirada no conto "Os músicos de Bremen" dos irmãos Grimm, e narra a história de animais músicos que desejam a liberdade e a alegria. A versão brasileira foi adaptada por Chico Buarque. (N.E.)

3. Tchê, apelido de Lucio Pascual Gascón, foi preparador de karts de Ayrton Senna. (N.E.)

raízes. Retiraram as luvas dele para fazer a amarga descoberta de mãos lívidas, os músculos dos braços tensos em espasmo, que não conseguiam relaxar.

— Um nó na base do pescoço, bem no centro das costas — disse o massagista, a tensão de sessenta e cinco voltas mais seis de pura agonia transformada em um sinal físico, inflado em um vulcão de queimação.

— Calma, Ayrton — uma voz fora de campo repetia a ladainha. De um homem feliz, o qual ninguém conseguia identificar. Ron Dennis avançou com a aparência de um gigante e os olhinhos de um animal de rapina. Não cabia em si.

Senna, agora sobre as pernas, não o tocou. Um feixe de dor apenas adormecido, qualquer contato poderia feri-lo.

Um abraço de pai veio buscá-lo onde estava, naquele mesmo lugar vinte anos antes, áspero e familiar, quase nada diferente agora, com a ferrugem e a decomposição que surgiam sob a fachada.

Um aperto de pai quebrou a proibição — "não tocar" valia para qualquer outra pessoa —, construiu uma ponte entre dois homens feitos de uma matéria singular, mesmo sangue, porém distantes, que nunca tinham sido, nem podiam ser, mais próximos do que isso.

Senna abriu a cortina do olhar. O véu triste, sarcástico, comedido, sonhador. Um sorriso ultramarino, fez que sim aos organizadores alinhados. Subiu a escadaria em direção ao pódio, os braços ao longo do corpo. Tentou levantar o troféu com um esforço teatral, desistiu pela dor, esticou o braço direito enfim, símbolo da vontade que vence. A taça para o céu, a ostentação.

Nenhum homem, dentro do circuito de Interlagos, dos milhões que choravam diante das televisões, pensou em aproveitar o silêncio — o silêncio que de repente envolvia o Brasil — para sair e pegar o pão. Sair, arrombar as vitrines e voltar entre os primeiros, os mais habilidosos, com os sacos de pão. Nada de pão, então, diante do maná do deus Ayrton. Era preciso fazer silêncio, então. Era preciso chorar, rezar, olhar para o céu.

2/24

Nada sabia do prazer e nada da chuva.

Ela atingiu um ponto muito sensível. O olho esquerdo queimou e se fechou. Sentiu uma labareda de chama. Era, ironicamente, uma gota. Caiu de muito longe. Deus, sentado em uma nuvem, enviava-lhe a punição. Ele podia vê-lo, e Deus o via; ele o tinha visto mesmo quando se sentia terrivelmente sozinho e buscava consolo. Enquanto pagava, primeiro, e depois perdia a coisa mais preciosa que tinha desde que tinha consciência.

Arrepios.

Coisa ruim estar molhado... O asfalto escureceu em questão de minutos. O macacão encharcado grudado na pele pesava. Sentiu os pneus perdendo aderência, o volante ficando mais leve, a resposta distorcida das rodas.

O número vinte e um o ultrapassou na saída da curva. Viu o espaço entre ele e a zebra: freou derrapando, passou à sua frente, colocou-se de lado e depois acelerou outra vez. Derrapou na água o suficiente e depois acelerou como se nada tivesse acontecido. Ele tentou se recuperar também. Acelerou fundo.

Gotas de água no visor: freou três vezes mais. O olho, aquele ferido pelos gases de escape do mês anterior, doía. A estranha viseira do capacete não protegia muito bem. As gotas o atingiam diretamente ou escorriam pela testa, do lado externo da órbita, indo parar na esfera. Droga, uma dor terrível!

Estavam-no ultrapassando por todos os lados. Com o olho fechado e um medo terrível, quase não tinha armas. Surgiam de repente em seu campo de visão e se lançavam para a frente; além do focinho do carro transformado em canoa, oscilando como um bote entre as corredeiras.

Uma farsa absoluta. Onde, no seco, teria vencido sem esforço, agora se via à mercê. E Ele, Ele lhe havia enviado o flagelo. Via de uma nuvem e quis puni-lo. Mostrar-lhe quantas coisas ele não sabia.

Nada sabia do prazer e nada da chuva. E a chuva agora o atravessava como as carnes escuras da *menina*, parecia atingir o mesmo ponto no âmago, despertava o mesmo arrepio de excitação e abandono.

Tinham feito amor e ela o deixara na vala.

3/24

Foi ali, debaixo da chuva, que ele forjou sua essência sobre-humana.

Ele estava em movimento o dia todo. Correndo, rolando, caindo em mergulhos, levantando-se rápido. Não parava por um instante.

Viviane Senna balança os cabelos, movendo a face alongada.

— Era uma criança muito animada, o Ayrton. Caía muito, ralava os joelhos, voltava para casa com contusões. Tinha muita força, uma quantidade absurda de energia, e toda essa energia, essa impulsividade, ele canalizava nas corridas. Ele sempre estava entre os carros: sentado em um carrinho de brinquedo, com um carrinho nas mãos. Imitava o som do carro. Quando acelerava: *Vrooom*. O som agudo dos freios: *Creeek*. Repetia. Ajustava. O tempo todo, um estrondo de corrida e oficina.

Viviane tem uma força elegante. Um estilo de dama nobre e algo que sugere coragem. Ela se ajusta na cadeira com braços. Certifica-se de não cobrir a imagem atrás dela. Fala e projeta as palavras para a frente. Além do jornalista, fora do enquadramento, atrás do olho da câmera.

— Quando começou a escola, ele havia elaborado um programa. O motorista o buscava de manhã e o levava para a escola, voltava para buscá-lo na hora do almoço e iam diretamente para o kartódromo. Nenhuma parada intermediária, nenhum retorno para casa. Ele passava toda a tarde treinando: adorava. Rodava quilômetros no volante do kart, depois voltava, no escuro, e começava a desmontá-lo. Limpar, polir, encerar, passar tinta, ajustar a convergência,[4] buscar o equilíbrio até encontrar a perfeição. Era, a cada vez, uma perfeição temporária, e no dia seguinte tudo era colocado em discussão novamente, e o ciclo recomeçava. Acredito que, em qualquer coisa que

---

4. Em automobilismo, angulação das rodas dianteiras para fora ou para dentro do carro. Cada configuração apresenta diferentes desempenhos durante as corridas. (N.E.)

tenha feito, Ayrton quis ir até o fim. Ele queria e insistia, falhava e insistia, insistia, de novo e de novo, até alcançar o objetivo.

— Na primeira vez na chuva, após a derrota, ele voltou para casa arrasado. Quase "enlouquecido", por causa da derrota. Acabou que, a cada indício de chuva, quando via as primeiras gotas caírem, pegava o kart e corria para treinar. A obsessão, em sua mente, era a consequência lógica. Treinava desesperadamente até o anoitecer, até o último raio de luz, voltava encharcado até os ossos.

Sob a seda, tremula um corpo delicado. Um furor de sacerdotisa que se embriaga com seu deus.

— A chuva. Você diria, ao ouvi-lo, que ela tinha cem olhos, e serpentes nos cabelos e a pele coberta de escamas. Não era mais um clima ou um agente atmosférico, mas um trabalho de Hércules, uma espécie de criatura monstruosa a ser domada. Uma criatura evasiva (ele a chamava de Proteu) que escapava das formas e assumia a aparência das coisas em que pousava.

Foi ali, debaixo da chuva, que ele forjou sua essência sobre-humana. Tornou-se o cocheiro[5] invencível, o mensageiro alado do Sol. Apodrecendo na umidade, puxando as rédeas e soltando o freio. Ele não parou até ter certeza de como manobrar a *carruagem*.

---

5. O dicionário Houaiss indica como uma das definições da palavra "indivíduo que guiava os carros de corrida nos jogos antigos". (N.E.)

4/24

O quanto de força e precisão eram necessárias para deslizar pela tempestade.

Ele fez o mesmo tempo em seis voltas, pontualmente... Coisa inacreditável.

— Olha só, deve ter um cronômetro no carro.

Jackie Stewart entrou nos boxes sorrindo.

— Te custou cem mil libras.

Hawkridge, o chefe, alisou o queixo.

— As cem mil libras mais bem gastas da minha vida.

Ele teria vencido. Mais quatro ou cinco voltas, no ritmo que estava mantendo, e Prost teria ficado para trás. Bastava ficar perto dele por uma volta inteira. Na Rascasse, no túnel do Cassino[6] ou em algum lugar inimaginável da

---

6. Rascasse e Cassino são duas curvas do circuito de Mônaco. (N.E.)

passagem, um vão que só ele conhecia entre as chapas: ele o ultrapassaria.

A chuva marcava um ritmo de bumbo. Agressivo, incessante. No box, os pés batiam. O desfecho era certo, só restava saber quando.

Jackie Stewart começou a preparar o Crystal. Ria de canto de boca, sabia coisas que os outros não sabiam.

— Jogo de freio e acelerador. Tem uma aderência espetacular. Este é o nosso carro? Temos certeza?

Na chicane[7] após o túnel, Ayrton via Prost muito próximo, em uma nuvem de vapor. Ele se afastava logo em seguida, mas cada vez menos. Estava com medo. Como um aroma, na última volta, o medo se elevava do carro de Prost e, adentrando o capacete amarelo, sua armadura de cavaleiro branco,[8] vinha acariciar suas narinas.

---

7. Chicane é uma sequência de curvas acentuadas projetada para diminuir a velocidade dos carros. (N.E.)
8. "La cotta bianca da cavaliere", no original, é uma metáfora do capacete de Senna como sua armadura. (N.E.)

O grande Prost tinha que limpar a viseira. Levava jatos de água como se estivesse atrás de outro carro e precisava enxergar. Calcular distâncias, calibrar a passada, reconhecer a pista, o mundo que flutuava sobre a água. Senna, não. Senna sabia os tempos e distâncias, a distorção exata do espaço, o quanto de força e precisão eram necessárias para deslizar pela tempestade. Era, a cada metro, uma economia imensa de energia, um ganho líquido de velocidade.

Um meio anfíbio, quatro redemoinhos d'água e força centrífuga no lugar das rodas, marchava com graça e surpreendente eficácia em direção à vitória.

Fizeram-no completar mais duas voltas. Jackie Stewart espiou com um lampejo agudíssimo de ciúmes. Então a voz metálica anunciou: corrida suspensa devido à impraticabilidade da pista no final da volta em curso.

Prost, ofegante, exausto nos pulmões, incerto sobre os pneus, soltou além da linha de chegada um último suspiro. O carro de Ayrton, que parecia um barco, passou triunfante, em um gesto de perfeição em vão.

Eram iguais, o rosto dele e o do príncipe de Monte Carlo recentemente viúvo, igualmente ausentes no pódio improvisado, desanimados pelo golpe do destino, tristes por terem perdido algo que não poderia voltar.

Sozinho, o rosto de Ranieri vagava em um espaço indefinível, uma imensidão infinita e vazia, enquanto Ayrton implodia, fechado em um despeito feroz, o olhar de filhote tentava domar uma explosão atômica nas entranhas.

Alain Prost, o ladrão, o bassê de nariz torto, calculista frio, triturador implacável de quilômetros, juiz sereno de cada caso no tribunal de sua consciência, seria o cavaleiro negro. Ou eu ou ele, subia o grito — a alternativa se apresentava e enviava o ressoar ensurdecedor habitual, tornava-se gigante à maneira de sempre na cabeça de Ayrton — enquanto os bracinhos franceses envolviam o troféu como serpentes.

O mundo misturado pela chuva. O equilíbrio alterado quando se preparava para vencer. O intestino de Monte Carlo tornava-se sua arena e um silfo com marcas do maligno — o monstro do nariz, o rotacismo — seu inimigo jurado.

5/24

O ronco do motor, o guincho dos pneus e tudo que podia produzir velocidade o fascinavam.

Beco, Beco... Todos dizendo "Beco aqui", "Beco lá"... Acredita se eu disser que não sei como isso começou? Por algum motivo peculiar, de repente, Ayrton virou Beco. Talvez soasse afetuoso para uma criança de quatro anos: um daqueles sons — mais sons do que palavras — utilizados para mimar.

O significado não conta. Se eu pensar agora, me ocorre alguma explicação. Ayrton era uma criança frágil... desde muito pequeno, quero dizer. Aos três anos, não andava: nem um passo, a ponto de a mãe fazê-lo consultar alguns especialistas. Pensava-se em um déficit motor... Os médicos não diziam nem sim nem não. Aguardem, diziam. Aguardamos. Dos três aos quatro anos, aconteceu a reviravolta. Ayrton andava cambaleando, sempre em equilíbrio precário. Caía e levantava, várias vezes, como um bêbado. Eis a explicação. Beco é um copo de cerveja pequeno: talvez tenha sido por isso. Não durou muito, no entanto. O apelido permaneceu e a razão desapareceu. Ayrton começou a andar de maneira estável, a correr, e então não bastava mais correr com as próprias pernas. O carro, o carro, sempre o carro... O ronco do motor, o guincho dos pneus e tudo que podia produzir velocidade o fascinavam. Acredita se eu disser que aos quatro anos ele dirigia meu carro? O volante: ele girava o volante sozinho enquanto eu cuidava dos pedais. Ou pisava neles com a força de uma criança, dotado de uma precisão cuja origem era um mistério. "Um dom", exclamou Tchê na primeira vez que o viu conduzindo um kart. Eu tinha uma pequena oficina mecânica na propriedade: tinha feito um carrinho a motor, sob medida para um menino. Em dois anos, ele sabia mais do que eu. Levo-o ao Tchê, o maior treinador de pilotos de São Paulo, ele o faz correr em Interlagos e, no final, me pede para ficarmos sozinhos. "Milton", ele diz olhando para o chão, como se estivesse sobrecarregado por uma emoção, "estou pensando se já vi algo assim em toda a minha vida". Ele chorava. Pode-se dizer que tudo começou então. E que tudo acabou, de certa forma, da minha perspectiva. Da perspectiva um pouco estranha de ser "pai"... Ayrton correu de kart por quase vinte anos. "Aprendi tudo que sei com os karts", ele me dizia; e não sei se queria me agradecer por aquele primeiro carrinho a motor. "Nos karts, está tudo lá, mas só com os carros você sente a velocidade". Ele aprendeu a fazer coisas que ninguém fazia: tirar uma mão do volante e colocá-la no carburador, o truque dos kartistas, até mesmo em curvas. Ele desenvolveu a determinação necessária a um campeão, o individualismo, que é fardo e delícia dos campeões.

Beco, o bêbado, agora cambaleava apenas na velocidade.

Milton da Silva, papai

6/24

Ayrton aprendia com as palavras, mas principalmente com a água.

"Tremular, Ayrton". O Tchê tinha dito algo preciso. "É a maneira das estrelas brilharem".

Havia uma temporada em que até mesmo o ar tremulante, o calor perene do Brasil, tornava-se um emaranhado de pântano; ou uma bruma de planície, quase, em certos momentos.

O Tamanduateí fluía devagar. Eles iam lá em busca de refresco após as sessões mais intensas. Uma reconciliação com a natureza. Sem o rugido constante, a coceira de fuligem na boca e nos olhos. Preferiam-no ao Pinheiros porque estava melhor conservado. "Incontaminado", repetia o Tchê exagerando. Dizia que assim, como aquele rio, afastado, astuto e indolente, também deveria ser o campeão. Permanecer no meio de tudo e não se deixar estragar, corromper. Manter o controle, só isso. E para o resto "tremular", ajustar-se conforme necessário, segundo após segundo. Mudar sem dar a ideia, fazendo-o parecer fluido. "Correr como a vida: mudar a cada momento e conservar uma identidade".

Na temporada propícia, o rio transformava o Tchê em um filósofo. Vê-lo afastando juncos e arbustos em busca das "magnólias gloriosas", só isso já era um espetáculo. As palavras seguiam o ritmo dos passos. Saíam a custo, contorcidas perto dos obstáculos, fluíam nas clareiras, escorregavam, de repente, desajeitadas, nos diques de terra perto das margens.

Ayrton aprendia com as palavras, mas principalmente com a água.

Fluía devagar. Pesada. Majestosa. Não girava, deslizava suave ao longo dos pilares da ponte, dos fundamentos alargados, lambendo-os sem invadi-los, como em um pacto de convivência.

O céu da noite, na última luz, era de um azul intenso. O rio lento, dócil, que avançava sob aquele céu de vidro, era uma imagem de resignação à vida. Não como você gostaria, raciocinava o Tchê, não era assim; mas bonita do seu jeito. Por despeito, mas bonita.

Dois barcos de pescadores flutuavam presos ao cais. Deviam servir para alcançar o enorme delta, a água lamacenta contida na lagoa, para pescar peixes de fundo. Não pareciam servir, intuía-se, há anos. Uma alga encharcada havia crescido ao redor das cordas dos ancoradouros.

— Você não vai acabar assim, não é? Pratique, meu filho! É preciso praticar sem parar.

Ondas de filosofia no plano.

Ayrton teve dificuldade em acompanhar. Começava a sentir o clima.

— Fresco.

— Estamos indo para o inverno.

Estamos indo para o inferno, pensou ele. Sorriu.

A umidade e os pés envolvidos na lama o remeteram à menina da vala.

A visão dos seios dela voltava à sua memória, como uma obsessão. Seios grandes que surgiam de um corpo esguio e mantinham a blusa esticada.

Ele foi rápido também lá. Um empurrar e soltar dos corpos juntos e depois um calor único entre as coxas dela e sua virilha.

Ele gostaria de fazer de novo, mesmo agora, e jurou a si mesmo que se esforçaria para ser lento. O oposto exato da corrida.

Percebeu que não estava pensando nisso. Na corrida, no dia seguinte. Como duas horas antes, quando foram ao rio, ele não pensava.

Ele se recuperava em partes. Sua mente voava para coisas agradáveis. Ele tentava se concentrar em quando era criança, em um pedaço de paisagem ou escrita, uma música.

7/24

Corria para se sentir vivo, para perceber o único significado que a vida tinha aos seus olhos.

Foi uma luta sem tréguas naquele dia em Suzuka. Ayrton Senna tinha seus santuários invioláveis, e o Japão era um deles. Como no ano anterior, conquistou a *pole*[9] apenas para sofrer a decepção de largar do lado mais sujo da pista. Protestou com a Federação, mas ordenaram que ficasse em silêncio.

Pensasse em correr...

Ele pensou em correr. No sinal de largada, o carro ficou preso no asfalto; por um momento, a pista o manteve grudado, como se quisesse se vingar. Manobrou habilmente para não perder terreno, mas o estrago estava feito.

---

9. *Pole* ou *pole position* é o termo que designa o piloto que largará em primeiro lugar na corrida. O termo deriva das corridas de cavalo. (N.E.)

O nariz de Prost, como a nadadeira de um tubarão, foi direto, cortando o vento da velocidade. Ele juraria ter visto Prost se virar e sorrir, se não fosse totalmente incoerente com a persona dele.

Eles não se falavam há seis meses, desde o incidente em Ímola.[10] O pacto violado. Não nos ultrapassamos na primeira volta. Largada, primeira volta, tudo tranquilo. Prost na frente, Senna atrás. Corrida interrompida: algumas voltas tranquilas atrás do carro de segurança. Reinício em movimento: na primeira volta, Senna ultrapassa Prost. Ele vence, o outro em segundo; no pódio, nem se olham. O tubarão mantém as mãos nos quadris, vira-se, irritado, Ayrton enxuga o suor e arruma o cabelo sob o boné.

Agora, moveu as rodas para longe dos detritos para recuperar a aderência e partiu a toda velocidade. Vencer sempre. Vencer mais ainda, já que apenas a vitória o mantinha na disputa pelo título mundial. Se não vencesse,

---

10. Ímola é uma comuna italiana, a sede do GP de San Marino, na Itália. (N.E.)

teria que se preparar para o pior, dobrar-se ao nariz de tubarão francês e abdicar no final do mês, na Austrália.

Ayrton Senna acreditava em sinais, acreditava em retornos e repetições. No ano anterior, Prost o surpreendera no início: ficara observando-o do meio para o final da corrida, começara a persegui-lo furiosamente e, no final, o ultrapassara, com a ajuda do motor do McLaren gêmeo, que estava agindo estranho.

Contra toda precaução estatística, sua superstição prescrevia a repetição do evento. Nova perseguição, nova recuperação, segundo campeonato.

Ele alcançou Prost em poucos minutos e ficou colado em seus calcanhares. A seis voltas do fim, viu a chance: encontrou uma brecha e tentou ultrapassá-lo no único ponto possível, a chicane logo antes da linha de chegada. Ele se enfiou por dentro. Prost fez a curva como se nada estivesse acontecendo, como se estivesse dirigindo abstratamente, sem o obstáculo de um adversário prestes a ultrapassá-lo. As rodas se aproximaram, tiraram o impulso uma da outra, os carros abraçados acabaram na grama e depois ao longo da área de escape, parados.

Prost permaneceu imóvel no *cockpit*,[11] nem um músculo em ação. Recolhido para acalmar-se e expiar. Ayrton gesticulava: sinais para os comissários de prova. Eles o empurraram para trás em direção à pista, e ele protestou. Eles o empurraram para frente, endireitando-o ao longo da área de escape. Ele ressuscitou o motor e continuou. Deu uma volta com o bico inclinado, levantado do lado direito, parou para consertá-lo e completou a inevitável recuperação frenética.

Venceu, mas não viu o pódio. Desqualificado por cortar a chicane... Prost, o tubarão imóvel, que o observara e abençoara de seu *cockpit*, foi campeão por decisão administrativa.

Uma semana depois, um comunicado escasso da Federação Automobilística anunciou que Ayrton Senna

---

11. *Cockpit* é uma estrutura que incorpora o assento do piloto, o volante, os pedais e os controles essenciais do carro. Ele é projetado para ser aerodinâmico e ao mesmo tempo oferecer segurança ao piloto.

da Silva tinha sido desqualificado por seis meses por pilotagem perigosa. Certo recomeçar, certo usar a ajuda dos juízes, mas cortar a chicane e voltar à pista pela área de escape foi considerado imprudente. Mais precisamente, um atentado à segurança e à regularidade da corrida.

Ao chegar à Austrália, onde não correria, Ayrton convocou um grupo de jornalistas e desabafou no microfone sua raiva. "*I refuse to walk away from the fight, it's my nature*" (Recuso-me a fugir da luta, é minha natureza); e lá foi ele expiar em seu deserto.

Por seis meses, voltou ao Brasil e voltou a ser Beco, o garoto. Manteve-se seguro no porto e enviou navios em exploração, como naquela época. Voltou a existir apenas para o dia em que estava, do amanhecer ao anoitecer, imaginando — fantasias de explorador —, sem ver para onde chegaria. Concentrou-se, competiu com as batidas de cada hora: os ponteiros o consumiam, o tempo seguia seu curso regular, enquanto o coração batia, ora o impulsionando, ora sendo impulsionado por ele, de outra forma, mais acelerada.

Por seis meses, viveu o enorme privilégio de retroceder seus passos. Refez o caminho, fingiu o melhor que pôde e tentou entender, aproximar-se o máximo possível de entender seu modo de ser herói.

A vida, tinha certeza, não era capaz de compreendê-la. Corria para se sentir vivo, para perceber o único significado que a vida tinha aos seus olhos. Deixava as coisas passarem e tocá-lo levemente, e quanto mais rápido corria, mais as coisas passavam sem tocá-lo, sem corrompê-lo, e mais era divino e mais era senhor.

Não ligo para a Federação! As apreensões dos fantoches pelas consequências... Ele vivia o momento, o instante e a força que o impulsionava a passar, mesmo que o envolvesse como uma prisão.

E assim ele sabia viver. Aprisionado em um sentimento de solidão, em uma graça que não existia fora, exceto no vento, na série conturbada, na percepção de um além, no tempo cada vez mais curto que servia para alcançá-lo. E ultrapassá-lo.

8/24

O outro lado dessa moeda, a outra face desse poder divino, era que ele literalmente não conseguia esquecer.

Uma das características que mais inspiravam respeito nele como piloto era a habilidade de separar de alguma forma a mente do esforço físico, resultando em uma clareza mental mesmo durante uma volta da *pole position*. Ele voltava aos boxes e conseguia lembrar de tudo, nos mínimos detalhes. Os engenheiros, primeiro da Renault e depois da Honda, ficavam de queixo caído: o que Ayrton contava correspondia exatamente aos dados do computador.

O outro lado dessa moeda, a outra face desse poder divino, era que ele literalmente não conseguia esquecer. As memórias o acompanhavam, povoavam sua mente como fantasmas, surgiam no momento certo e às vezes nos momentos inoportunos. Ele estava convencido de que a questão de Suzuka estava a seu favor. Ele viu o espaço, se enfiou entre o bico de Prost e a zebra, e Prost fechou a porta. Ele estava na frente, tinha o direito à trajetória, Ayrton deveria frear: tudo lenga-lenga.

Ele se sentiu roubado. Duas vezes, com a desqualificação. Não esqueceu nada. Na primeira oportunidade, a mesma zebra, a mesma situação — o mais cedo possível para ter certeza de não perder a oportunidade —, reencenou a cena. Desta vez era Prost, vermelho da Ferrari, tentando a ultrapassagem. Mas ele ainda estava à frente no início da curva, tinha o direito à trajetória (talvez), freou o mais tarde possível e acabou na lateral do adversário. Ambos fora da pista novamente, na brita, e nenhuma intenção de continuar, desta vez.

Eu o vejo na TV falando com Jackie Stewart. Jackie acabou de chamá-lo de "o piloto mais envolvido em acidentes na história da Fórmula 1". Ele o repreende: "Sim, você é bom, mas sem disciplina, sem controle, você acaba atolado na brita". Ayrton não é mais Ayrton: "E você se diz um piloto?" ele pergunta. "Quem corre quer vencer, quem corre vê o espaço e se joga lá dentro", "Ultrapassar: é o sentido do nosso esporte". Jackie o olha com sarcasmo, e poderia dizer a ele que há uma maneira certa de fazer as coisas, que é uma questão de medida, que as regras redimem o *Far West*. Ele não diz nada e observa: a máscara de Ayrton se desfaz de repente, lentamente sob o peso de suas próprias palavras, assumindo a expressão da criança pega enquanto faz arte.

Ele não estava orgulhoso de tê-lo feito, mas isso lhe dava uma sensação de conclusão. Parecia que ele tinha colocado as coisas no seu devido lugar e se sentia, à sua maneira, satisfeito. Quanto isso lhe custava, o sofrimento íntimo que provocava? Não saberia dizer.

Shakespeare sussurra algo como: "Preenche-se de horrores a cabeça de quem observa o mar do precipício e ouve-o rugir. O ato supremo de infelicidade é a pretensão de ser feliz".

Peter Warr (manager da Lotus de 1982 a 1991)

9/24

Eu olhava e procurava a imperfeição que o revelasse como homem; e não encontrava nenhuma.

Ele cultivava a mentalidade de um egoísmo saudável, disposto a tomar as medidas necessárias para alcançar seus objetivos. Sua abordagem era metódica, um processo mecânico, uma fórmula precisa. Planejava cada passo para que tudo fluísse de maneira harmoniosa, evitando interrupções e minimizando sofrimentos.

Acredito que em sua mente tudo fazia parte de um plano superior. Que tudo estava em função de uma glória, uma manifestação de poder que varria o resto.

Era a única coisa que merecia se manter à tona, e o resto, afinal, podia acontecer no abismo.

Em cada detalhe, cada sinuosidade da mente, cada gesto aparentemente inexplicável, Ayrton refletia essa luz paroxística. Ele era coerente com esse desenho (e quão profundo isso deveria estar gravado...) até nos momentos mais genuínos de fraqueza, de abandono.

Lembro-me de, às vezes, depois de fazer amor, ficar olhando para ele. Eu olhava e procurava a imperfeição que o revelasse como homem; e não encontrava nenhuma. Sua figura era intocável: avassaladora. Como seu comportamento quando entrava no carro. Uma sequência de gestos necessários e perfeitos, funcionais.

Ele nunca perdia a compostura mesmo diante da extrema dificuldade, da última ameaça ao que considerava mais importante. A vitória, sempre. Até que alguém fosse hábil o suficiente para forçar a morsa, rebelar-se contra os padrões que ele tecia, cada vez mais apertados, arrancar sua tela.

Então ele entrava em colapso, escorregava como um motor em rotação livre. O lado escuro emergia.

Ele fazia coisas das quais você não acreditaria que ele fosse capaz.

Deus, se é possível, passe de mim esse cálice, mas seja feita a minha vontade, não a tua.

Ele sempre acabava bebendo. E depois chorava, gritava, ficava louco.

Ele corrigia o pecado com alguma penitência e voltava a se sentir imaculado. Era incrível como ele conseguia fazer isso: uma desinibição de criança. Funcional ao plano, também.

Ele me disse que queria um filho. Por um motivo ou outro, não aconteceu. Depois, ele ficou menos afetuoso, mais distraído, começou a sumir. Pensei que ele me considerava inconscientemente culpada. De alguma forma, culpada por alguma coisa.

Pensei em surpreendê-lo no Grande Prêmio da Europa, em ir visitá-lo. Eles mal sabiam do nosso relacionamento: nem tentei me aproximar dos boxes. Pensei que seria bom ser encontrada como uma qualquer entre a multidão, aos pés do pódio.

Ele fez a volta mais bonita de todas, me disseram. Quatro ultrapassagens no início da corrida, o branco e vermelho do carro emergindo da confusão e saindo em águas abertas, à prova do tempo, sem obstáculos.

O amarelo do capacete, na chuva, como um ponto de Sol que aparecia para brilhar.

Ele venceu.

Pulou no pódio e as pessoas ficaram loucas. Pareciam tarados, completamente dominados pelo que ele era, o bom deus do automobilismo, e como ele representava isso.

Entendi que não estava sozinha nos sentimentos que sentia, nas percepções que me pareciam tão "exclusivas". Entendi que Ayrton não era de ninguém e talvez nem mesmo dele mesmo.

Aos pés do pódio, uma mulher se aproximou, alta e morena, uma mulher irreal, e o beijou na boca.

Foi um reflexo involuntário. Avancei em direção a ele e, em dois passos, estava fora da multidão, à vista.

Ele sorriu para mim.

Um daqueles gestos que deveriam manter tudo junto, curar as contradições, e quase conseguiam da maneira como ele os fazia.

Ele deu um sorriso radiante que queria dizer ao mesmo tempo "Você aqui?" e "Você não deveria" e "Que bom, no entanto" e "Desculpe"... A modelo veio buscá-lo um momento depois e ele se foi.

Maria da Graça,[12] *"ao amor da minha vida"*

---

12. Maria da Graça é um personagem imaginário, inspirado na Maria da Graça Xuxa Meneghel, atriz, cantora, empresária e apresentadora de televisão. Neste capítulo, o autor recolheu diversas entrevistas de ex-namoradas de Senna para compor um relato único. (N.E.)

10/24

Aquele controle instantâneo das circunstâncias, aquela consciência instintiva.

— Caminhava, com certeza. Partia, retornava. Se acendia e depois ficava triste. Frio? Se ele é frio, quero sempre esse frio na minha cama.

A Srta. Barbosa abriu os olhos, revelando um par de olhares perspicazes e maliciosos.

— Piquet espalha boatos. Ele está sempre no local, quando não está correndo. Sempre perto das garotas... Comenta-se que ele não é tão desenvolto. Bonito não é. Ele quer, mas não consegue, dizem. Tudo ao contrário de Ayrton. Ayrton tem carisma. Ele não força gestos. Não exagera nos movimentos. Ele se mantém afastado e depois toca sua mão, lança um olhar. Você sente uma tristeza dentro daquele olhar, uma luta de facas, uma determinação ao domínio que te anula.

Ele é um homem à moda antiga, o Ayrton. Às vezes, parecia estar fazendo amor com meu pai. Ele acende um cigarro depois, faz carinho em você, mas não muito, e quer que você seja dele. Ele tem que te sentir dele. Ele gosta de mulheres fortes, de personalidade, mas com ele, no amor, elas têm que ser dóceis. Elas têm que amá-lo, o que significa entendê-lo, o que significa reconhecer suas razões íntimas.

Ele me disse que poderia se casar comigo se eu não tivesse escolhido essa profissão. Se muitos homens não tivessem conhecido meu corpo. Se não tivesse conhecido Piquet, pelo menos. "O que importa?", eu ri, "Você também conheceu o corpo da esposa do Piquet!". "O que importa...", brincou ele, "isso foi antes. No final, ela o escolheu". Eu sabia que tinha sido Ayrton quem a deixara. Mesmo que eu não soubesse, sabia que sempre era ele quem escolhia de alguma forma.

Ele fazia sexo como um exercício, e precisava para relaxar. Acredito que isso o libertava, por um curto período, de algo dentro dele que sempre estava alerta. Que fazia um zumbido constante, um som contínuo chamando a atenção para certos detalhes, certos detalhes minuciosos que escapavam aos outros.

Ele tinha uma consciência sobrenatural disso. "Sobrenatural" é a palavra. Escolhia ignorá-los na maioria das vezes, ou mantê-los para si mesmo. Convivia com eles e os gerenciava. E depois, quando decidia compartilhá-los, você ficava de boca aberta. A profundidade com que ele se confrontava com a vida... O risco em seu jogo, como uma paisagem de céus ou abismos... Você não acreditava que fosse possível aquela visão, aquele domínio. Aquele controle instantâneo das circunstâncias, aquela consciência instintiva.

Você entendia. Um homem assim conseguia te fazer dele. Você não o esquecia, e ele tinha você para sempre.

11/24

Um dia eu morro e vou para o paraíso.
Se existir a ala dos pilotos, claro.

— Um dia eu morro e vou para o paraíso. Se existir a ala dos pilotos, claro. Não quero me gabar, mas ainda estou com boa aparência: imagine o meu estado atual com alguns anos a mais. Eu flutuo nas nuvenzinhas e alguém me observa, alguém me reconhece, alguém está incerto: não, não pode ser ele. Após três dias, o grande Pace[13] se aproxima de mim, o capacete debaixo do braço, o rosto do último dia. "Quem é você, rapaz?", pergunta; e eu: "Senna, Dom José, Senna de São Paulo, o piloto". "Por que você está aqui?". "A estrada, Dom José, nos leva até aqui. Quando

---

13. José Carlos Pace foi um dos mais importantes pilotos brasileiros. Após sua morte prematura, o autódromo de Interlagos foi rebatizado com seu nome. (N.T.)

você vence sessenta grandes prêmios, acaba procurando novos caminhos." A alma com o capacete arregala os olhos: "Sessenta? E por que você é tão jovem, rapaz?". "Corria rápido, Dom José... O tempo, no final, não conseguiu me alcançar." O fantasma levanta uma sobrancelha. Cheira a mentira. "Não te vi chegar." Eu gostaria de rir, mas não consigo. Lanço a ele um olhar de anjo. "É porque eu sempre estou na frente".

Soltaram suspiros.

Contado ao estilo Beco, soava como uma historinha.

"Deveria ser engraçado", era mais ou menos o que pensavam. Mas ninguém ousava dizer nada. Talvez fosse pelo paraíso, pela atmosfera vagamente sombria da cena... Claro, ele estava na frente. Nada a dizer sobre isso.

Nada engraçado.

Ayrton Senna da Silva cortava a multidão. Falava em anedotas ou monossílabos. Sempre com educação, com elegância. Com uma confiança suave, uma roupagem grudada nele como um escudo, como um pássaro que estufa as penas.

As recepções eram exatamente o oposto das corridas. Ao girar a medalha, surgiam cavalheiros com trajes elegantes, realizando danças coreografadas ao redor das flautas. Manequins com calos de contadores, nos polegares e médios, que fingiam se interessar pelo jogo dos heróis; damas envoltas em cetim que sonhavam em tocá-lo, colocar as mãos nos músculos, nos nervos, sentir por outras tensões o arrepio da velocidade.

Ele seguia a escola do Tchê. Lambia sem se misturar. Nutria o seu mistério. Desfilava com uma marcha própria — postura atlética e uma fleuma estudada — distribuía olhares, comentários distraídos e sucintos, punhaladas instantâneas; estava alerta, sem dizer, sem ostentar: só o suficiente para que soubessem que ele estava alerta.

Ele zombava deles. Pensavam em enclausurá-lo em uma sala de estar — o prodígio de um leão-marinho treinado — e desfrutar dele, e ele, ao invés disso, os trazia para o seu jogo. Todos eles. Ele os ultrapassava.

12/24

Ayrton te emociona. Ele transformou o automobilismo em uma dança.

Eu perseguia chamas. Um dragão. Eu me sentia uma espécie de monstro enjaulado, entende? Uma criatura feroz e ao mesmo tempo inofensiva, que mal conseguia enfiar a cabeça entre as barras, que mordia o ar vazio.

Nunca cheguei tão perto do ponto de fusão. Do motor e do cérebro, do sonho, da sensação de onipotência que acompanha todo piloto, quando é um grande piloto.

Eu estava em primeiro até aquele maldito contratempo. O box se enrola e eu perco a liderança da corrida.

Na frente está Ayrton. Ele está lento, mas conhece aquelas ruas como a palma da mão. Ele as conhece como eu deveria conhecê-las, na verdade. Mas não: ele as conhece mais profundamente. Ele as "sente".

Eu tenho ao meu lado o que sempre tive. Voracidade, fúria, o impulso poderoso e desordenado de alguém que só olha para o objetivo. Não para o caminho, não para o estilo. Pegue tudo e faça rápido.

Ayrton te emociona. Ele transformou o automobilismo em uma dança: você o vê de trás e parece vê-lo se movendo dentro do *cockpit* do carro. Cada solavanco se transmite para o cavalo de ferro, cada emoção se converte em rugido, arranque, frenagem, abrupta ou suave, antecipada, zombeteira.

Não existem mais manobras grosseiras. Longas, indistintas. Acelera, pisa no freio, acelera fundo, empurra firme, no limite. Tudo se fragmenta em uma sequência de pequenos passos, fluidos, mas distinguíveis, como em uma dança.

Dedo grande e calcanhar. É o aparato com o qual ele realiza a transformação. Pela forma como ele dirige, você imagina que eles se movem tão rápido, com tanta sensibilidade sobrenatural, que pensa que eles pulam a conexão com o cérebro. Que têm vida própria, vida pensante.

Naquele dia no principado, fiquei soltando fogo por sete voltas. Alcancei-o num piscar de olhos e fiquei grudado nos escapamentos dele por essas sete voltas.

Seu carro era tão inferior que parecia que eu ia engoli-lo em um bocado. Uma barragem inconsistente contra algo que não podia conter, que deveria transbordar a qualquer momento.

Aí está ele! Ainda não... Aí está ele, aí está ele! De jeito nenhum. As voltas passavam e o momento não chegava.

Lembro-me de ter amaldiçoado os *guard rails*[14] de Monte Carlo, um por um, por sete voltas e sete dias, até a próxima corrida. Se eu tivesse apenas meio metro a mais, na Rascasse, na reta dos boxes, no túnel à beira-mar... Eu olhava para aquele metido a besta, fresco como uma rosa no final da corrida; exausto nos braços dos meus mecânicos, eu cerrava os dentes para resistir às cãibras e me perguntava como diabos ele conseguia

---

14. O *guard rail* é uma barreira de proteção para veículos instalada em pistas de corrida.

ficar tão maravilhosamente intacto, como ao fim de um jogo.

Eu estava cheio de raiva, ressentimento, indignação e desejos insatisfeitos. Apenas em um canto eu guardava uma suspeita, uma impressão, uma sensação obscura, absurda, que se fez caminho ao longo dos anos.

Ele fazia de propósito. Brincava como o gato com o rato. Esperava sem fugir, de propósito.

Ele me dava uma lição: informações sobre uma outra maneira de vencer. Sobre a glória da resistência.

Naquele dia em Monte Carlo, Ayrton Senna da Silva, o próprio diabo, senhores, inverteu a epopeia. Ele venceu reunindo todas as suas faculdades, curando todas as contradições. Ele se vestiu como Heitor, o humano indefeso Heitor, e o levou à vitória contra um imprudente Aquiles.

Nigel Mansell

13/24

Nunca havia lido um livro tão bonito e tão verdadeiro. Que falasse tanto sobre ele, sobre eles, os pilotos.

Ele proferiu palavras enquanto desferia a lança de sombra alongada, habilmente equilibrada. O golpe foi preciso, atingindo o escudo de Aquiles no centro, porém, a lança ressaltou na defesa. Heitor, frustrado, sentiu a rápida lança escapar-lhe das mãos em vão, desanimado ao perceber que não possuía outra lança de faia. Ele chamou à Deífobo, com seu escudo branco, gritando alto: pedia uma lança longa, mas aquele não estava perto dele. Então Heitor compreendeu em seu coração e gritou: 'Ah! Os deuses realmente me chamam para a morte. Eu pensava que tinha ao meu lado o forte Deífobo; mas ele está dentro dos muros, Atena me pregou uma peça... A má morte está ao meu lado, não mais distante, não mais evitável agora, como era antes no coração de Zeus e do filho arqueiro de Zeus, que, benignos, me salvaram tantas vezes. As Parcas enfim me alcançaram... Bem, minha morte não será desprovida de glória nem destituída de luta. Partirei tendo conquistado algo grandioso, algo que também as gerações futuras possam admirar!'. Falando assim, ele desembainhou a afiada espada, que grande e pesada pendia de seu flanco, e se encurvou e avançou para o ataque como uma águia em alto voo, que mergulha sobre o plano através das nuvens para roubar um cordeiro tenro ou uma lebre agachada: Heitor avançou assim, agitando a afiada espada. Mas também avançou Aquiles, e em seu coração estava cheio de fúria selvagem: ele segurava o belo escudo adornado na frente do peito e movia o elmo brilhante em quatro divisões; a bela juba dourada, que Hefesto deixara cair densa ao redor da crista, flutuava ao vento. A ponta afiada brilhava como a estrela do Vésper, o astro mais belo que está no céu, que avança entre os outros no coração da noite: Aquiles o agitava na mão direita, meditando a morte do luminoso

Heitor, procurando a bela pele com os olhos, onde estava mais exposta."[15]

Ele pensou que havia verdade nisso. Nunca havia lido um livro tão bonito e tão verdadeiro. Que falasse tanto sobre ele, sobre eles, os pilotos — falsos amigos, falsos rivais com o gosto das proezas heroicas —, que descrevesse tão bem o que faziam.

Exceto pelas lanças, escudos, cristas... Os elmos não: aqueles existiam de verdade. Existiam demônios e gênios, e o dele chamava-se Deus. Havia a presença da morte, a familiaridade com a morte, a ideia genial e a necessidade de degradá-la a um jogo, se você quisesse viver assim no alto, tão longe do chão. Voltava a ser real apenas no final, quando sentias que ela pousava a mão no teu ombro — e

---

15. Este trecho é uma citação da *Ilíada*, uma das obras mais importantes da literatura e de enorme influência no mundo ocidental, sobretudo na Itália, por conta da relação de Roma com os mitos gregos. O excerto descreve o confronto fatal entre Heitor, príncipe troiano, e Aquiles, o herói grego. Este momento é um dos pontos culminantes da história, destacando a tragédia e a bravura dos personagens envolvidos. As referências épicas utilizadas pelo autor neste livro reiteram o olhar mitológico sobre a vida de Senna. (N.E.)

sentias isso — quando te viravas e não havia o teu Deífobo para pisar no freio, girar o volante, segurar o carro no teu lugar. Era tarde e o teu deus te havia abandonado: em um instante a sorte impunha-se, jogava dados sobre a tua cabeça. Vencia e para ti tinha acabado; perdia e então voltavas atrás, para lutar a tua luta, para sentir aquela outra, lutada sobre a tua cabeça, e quem sabe por quanto mais.

Ayrton Senna da Silva nunca tinha lido aquele livro antes. Ele pensou que era um livro bonito. Bonito e verdadeiro. Dizia a ele o que ele queria ser. E ele não sabia, ainda estava incerto, se Aquiles ou Heitor: o triunfador desumano ou o defensor das causas perdidas, cheio de dignidade.

Ele sabia, com certeza, a maneira de se tornar um herói.

Correr era a última epopeia. A epopeia moderna, mecânica, sem sangue na luta entre homem e homem e ao mesmo tempo trágica no desafio ao limite. A repetição da batalha contra o titã mais antigo, Cronos, pai de toda pretensão e de toda loucura.

No mundo das corridas era a glória. Toda a imortalidade que o circo podia te dar.

Ayrton Senna nasceu para o jogo e para a glória. Para algo assustadoramente sério e terrivelmente inútil. Bonito como um arcanjo, filho adorado, playboy discreto, elegante na medida certa, era afligido por uma necessidade devastadora de liberar energia. Ele não teria conseguido conceber a vida senão como um jogo; por sua conta, ele acrescentava um toque viril, escolhendo transformá-la em um jogo perigoso. Correr, segundo o seu plano, espalhava seiva na terra árida. Redimia o conforto, o entorpecimento, a grosseria. Era, diante de Deus, a sua milícia, o seu ato de fé.

Ao redor desse núcleo peculiar, uma entidade incandescente, Ayrton Senna construiria sua fama de herói e assumiria a sua aura.

Ao longo de toda a vida, contradito por apenas uma frase.

Uma mulher de cabelos vermelhos apareceu em um cenário de branco hospitalar. Olhos ondulantes, voz trêmula.

Um microfone surgia, os flashes a bombardeavam.

Ela dizia em italiano: "Às 18h40, o coração de Senna parou de bater. Senna morreu às 18h40".

14/24

Um dia, disse para mim mesma: "Não é meu filho". Quando o vi vencer, pela primeira vez, nos karts.

Não é meu filho, foi isso que pensei. Quando ele estava pelo mundo, percorrendo pistas, vagabundeando. Quando conquistava os destaques dos jornais ou surgia na televisão com sua aura magnífica, envolto por multidões, retornando aqui embaixo como um eco, uma entidade que reverberava de locais remotos, extensões vastas, de volta aqui, ao lugar onde veio ao mundo.

Eu não perdi meu filho. Não é ele quem morreu. Ele partiu me abraçando — mamãezinha, e o beliscão na bochecha — numa tarde de outono. Dando voltas, uma das habituais peregrinações, e não se pode dizer quando voltará. Nunca, nunca se pôde dizer... Ele foi honesto nisso, me preparou. Estar aqui, não estar, quem sabe no Natal, no aniversário, quem sabe na próxima vez. Não conte comigo, foi como se ele tivesse dito, faça como se eu fosse um presente, uma bela surpresa que se espera, e que não é devida.

Além daqueles momentos, significava que eu não tinha um filho. Eu tinha um marido devoto, forte, tinha uma filha bonita, carinhosa, abençoada pela graça de trazer ao mundo. Tinha três netos de um esplendor nítido, de uma inocência deslumbrante, que honra a infância. Para que eu precisava de um filho também? Eu poderia compartilhá-lo com a nação, com Deus, dá-lo a Deus até, à nação, e ficar com alguns fragmentos, cada vez mais raros, cada vez mais frágeis. Uma cena, uma voz, um sorriso rápido, um dos seus, dele que é veloz como o vento, uma aparição em um limiar, sempre na fronteira, e depois, como agora, em outra fronteira, entre a realidade e o sonho.

Foi uma despedida destilada, um luto elaborado por muito tempo. Passou da raiva, do desconforto, do ódio, da nostalgia, do espanto, da devoção. Sempre nadou numa constante, à sombra do desconhecido, alimentou-se de um medo que não me deixou mais. Que se transformou lentamente em uma compreensão, mas nunca totalmente.

Acreditei, por um curto período da minha vida, que algo estava errado com aquele filho. Perdido entre as pessoas e sempre sozinho, imerso em seu mundo de barulhos, velocidade, frenesi sem feitio. Eu queria abraçá-lo, sempre abraçá-lo, como se para mantê-lo no lugar, e isso me assustava.

Eu tremia, sim senhores, como diante de algo misterioso, grandioso, que estava contido em um corpo, tão pequeno, porém vinha de algum outro lugar.

Um dia, disse para mim mesma: "Não é meu filho". Quando o vi vencer, pela primeira vez, nos karts. A maneira como ultrapassava os oponentes, o capacete amarelo visível entre cem, avançando ao longo de uma linha livre, imaculada. A maneira como subiu os degraus do pódio: parecia vir de uma profundidade distante.

Isso me assustou. Um medo comovido.

Eu o abracei, beijei sua bochecha e ele tinha um gosto gelado. Sorria radiante, de algum outro lugar.

Mamãezinha

15/24

— Eu tenho tudo se eu ganhar. Algo se eu chegar lá. Nada se eu perder por muito tempo.

Ele observava as vigas no teto, como uma alteza dos céus acima dele, enquanto estava deitado. *Priest House Hotel, Castle Donington...* A mulher irreal, alta e morena, tinha ido se recompor no banheiro, enquanto ele contemplava os detalhes da suíte, sem preocupações. Estava cansado e feliz em proporções variáveis.

Há nove horas, ele tinha feito a volta mais bonita de todas. Partindo da quarta posição, atrás nas classificações e dois segundos mais lento que o primeiro, parecia um destino selado. Mas estava chovendo. De manhã, Ayrton sorriu: a visão do asfalto molhado era como ver óleo derramado, um tapete estendido para a chegada, um mar fácil de deslizar. Era uma onda domada, na verdade; ele sorriu mais ainda lembrando-se da história dos karts. A chuva tinha rugido para ele como um monstro, mas agora, para Senna em 11 de abril de 1993, ela era um maná do céu, um rolar de tambores à vista de um milagre esportivo.

E o milagre aconteceu. Mesmo que tenha perdido uma posição no início, recuperou-a imediatamente na primeira curva, movendo-se de um lado para o outro da pista em busca da melhor trajetória. Enquanto os outros faziam um metro, com os olhos grudados no para-brisa, ele parecia fazer dez. Teria sobrevoado os adversários se pudesse. Ultrapassou dois quase sem que eles percebessem. Agora estava atrás de Prost, o inimigo, o contador com o carro mais rápido. Brincou de gato e rato, apenas um pouco, fez uma finta e o surpreendeu na curva, por dentro, seguindo um roteiro consolidado. Suzuka, pela terceira vez, gritou nos ouvidos dele. Desta vez era a prova da coragem: quem tinha mais coragem, quem tirava primeiro o pé do acelerador. Prost tinha feito seus cálculos: ninguém supera Senna na chuva. Ele levantou o pé, sem arriscar o choque, e Senna passou triunfante.

Antes mesmo de terminar a primeira volta, ele já havia feito cinco ultrapassagens exemplares. Ninguém poderia mais pegá-lo.

Ele olhou para o teto com a moldura entalhada, ouviu a voz do comentário televisivo ao longe, distraído, e espiou a tela embaçada por uma pátina.

Ayrton Senna fez mais do que conquistar o Grande Prêmio da Europa. De uma só vez, ele deu um punhado de lições memoráveis:

1. Não importa quantos carros você tem na frente se quiser vencer;

2. O inesperado é uma oportunidade;

3. Encontre o caminho certo e o mantenha;

4. Olhe para o espaço, a abertura, em vez do que o cerca;

5. Certifique-se de se chamar Ayrton Senna, caso contrário, pode não ser suficiente.

Ele riu. Quando desviou o olhar, o quarto do hotel pareceu diferente. Mais escuro. Maior ou menor, dependendo do momento. No lugar da tela, de toga, havia uma espécie de juiz. Um confessor, ele pensou.

— Por que te amam, Ayrton?

Eles o arrancavam da cama e o colocavam diante de uma barra de sombra.

— Como assim?

— Por que as pessoas te amam? Você tem tudo desde sempre. Todos os benefícios materiais, como você os chama. Deveriam te invejar.

— Me invejar...

— Você é bonito, saudável. Tem as mulheres. Tem sorte. A sorte atrevida daqueles que vencem hoje, amanhã e depois de amanhã.

— Eu tenho tudo e não tenho nada.

— Você está me provocando?

— Eu tenho tudo enquanto não partir, e depois não tenho mais nada.

— Você está zombando de mim? Agora você tem tudo.

— Eu tenho tudo se eu ganhar. Algo se eu chegar lá. Nada se eu perder por muito tempo. Talvez as pessoas gostem disso: que eu coloco tudo em jogo e tenho que reconquistar tudo toda vez.

— Você teria tudo, a vida fácil, mesmo se não corresse.

— Não o mesmo "tudo". As pessoas gostam de vidas complicadas.

— Você teria tudo, mesmo se parasse amanhã.

— Tudo. Sem a parte mais importante.

— Os prêmios, os títulos nos jornais. A fama, isso, a fama...

— A vitória. Ninguém é o melhor para sempre. Eu quero me provar que ainda sou o melhor.

— Você quer estar na frente.

— Quero chegar em primeiro.

— E então você se choca contra um *guard rail*, com o segundo colocado quase uma volta atrás, porque não consegue tirar o pé do acelerador...

— Efeitos colaterais. Às vezes, eu invejo você, pessoas como você ou Lauda. Aqueles que perseguem a velocidade. Que a sentem, que ainda têm medo dela... Eu tenho Deus. Eu tenho a velocidade. Não a persigo, não a seduzo.

Eu a possuo. Possuo algo maior que eu. E ela me invade. Eu não a controlo. É um êxtase.

Atrás do juiz, como água ondulante, seu rosto era refletido em um espelho. Passava por todas as idades, conforme o momento, e nunca envelhecia. E agora ele era outra vez uma criança, Beco que tremia em pé e caminhava com dificuldade, se fortalecendo com as palavras.

Um raio de luz rasgou até isso, como todos os sonhos reais. A barbatana de tubarão do confessor havia cortado o ar. O confessor abaixou o nariz curvo, o absolveu.

Ayrton entendeu a diferença quando ela reapareceu. Do cheiro dela perto. Parecia estar acordado, mas estava dormindo.

16/24

Ele disse que era estranho, ou talvez uma sorte, que por dez anos não tivesse que ver a morte.

— O que está fazendo? Está dormindo!

Jules me olhou nos olhos. Ele tinha falado até um momento antes como se Ayrton estivesse ouvindo. Cauteloso, escolhendo as palavras com cuidado.

Ele se virou por um momento para o assento de trás e fez a descoberta.

Sorri levemente, e Jules me olhou perplexo. Era absurdo que eu não achasse absurdo.

Sorri mais forte e bufando. Ele percebeu que eu sabia.

Ao chegar na feira, Ayrton se levantou como um grilo. Soltamos juntos, eu e Jules, um suspiro de alívio.

A hipótese de ele ter contraído, em latitudes improváveis, a doença do sono, foi afastada.

— Fresco, né?

— Dormiu três horas!

Tínhamos feito uma refeição leve em minha casa. Ayrton foi persuadido a contragosto, apenas porque minha casa era o lugar mais próximo e conveniente. Uma cena patética, em alguns momentos. Escassez de olhares e palavras. Conhecíamos de cor o fundo branco dos pratos de porcelana. Tínhamos limpado-o, por diversão, de cada pedacinho de comida residual, cada um seguindo na cabeça seu enfeite, seu desenho lógico, como passatempo. Não confiávamos em nos olhar sem nenhuma palavra, e nenhuma expressão de cordialidade conseguia dissolver essa desconfiança.

Falávamos então sobre a chuva. As nuvens sobre o Loire, algo bíblico, e como era difícil, na pista, quando ela caía como uma torrente. Eu disse que precisaríamos de limpadores de para-brisa na viseira. Ayrton fez um som, metade sorriso e metade bufado.

— Eu gostaria de tirar uma soneca.

Nos olhamos, ares serenos de quem não quer trair nada.

— O quarto de hóspedes é o último no final. Encontre a cama arrumada. Partimos em uma hora.

Ayrton se despediu pedindo desculpas, os olhos já a um metro à frente. Ele desapareceu.

Ele reapareceu na hora certa, algo líquido em seu olhar, os olhos a um metro à frente.

— Estamos indo?

Ele se sentou atrás. Explicou que gostava de se ajoelhar no banco traseiro e olhar pelo vidro traseiro, o mundo se afastando, a perspectiva incomum da estrada. Ele fazia isso quando criança no carro de seu pai, e muito pouco. Normalmente, ele quem dirigia.

Falamos sobre o campo. O francês e o brasileiro. A fazenda, o ar incrível que se respirava, o espírito dos vaqueiros, o cheiro de esterco. Jules costurava a conversa, inseria expressões fantasiosas e ridículas nos momentos mortos. Eu falava com Ayrton no vazio, tendo-o às minhas costas. Para vê-lo, eu era forçado a olhar no retrovisor.

Então, ele parou de dar sinais.

— Ele está dormindo!

Jules se virou para olhá-lo encolhido. Sereno como quando agia por uma necessidade estratégica, por uma determinação precisa e clara em sua cabeça. Ficou imóvel, respiração regular e incrivelmente silenciosa, por mais duas horas de viagem.

E ele ressurgiu na feira. Apertou minha mão, os olhos a um metro à frente, e desapareceu na multidão.

Outro pódio, eu disse a mim mesmo. Isso é o que pensei ao longo dos anos. Outro, um prolongado cruzamento de circunstâncias.

Suspiros de voz. Coexistência forçada, distraída. Olhares que se atravessam. O aperto de mão frio da cerimônia de premiação.

Ele não queria se tornar amigo.

Maldito cumprimento dos papéis. Eu luto, você é meu inimigo. Parecia que ele não podia fazer o que precisava sem isso.

Entendi muito depois, imagino. Como era diferente. Todo o mundo complexo, torcido, a estranha mistura que ele carregava dentro.

Tudo parecia distorcido, como sob a chuva, e tudo tinha uma forma coesa, um lugar específico, respondendo a um desenho funcional.

— A última vez — eu estava fora há cinco meses — foi bem diferente. Uma revolução, você entende? Da noite para o dia. Eu estava enfim fora daquele equilíbrio complicado dele, do jogo de papéis, da epopeia de papelão, bandeirinhas na cabeça das pessoas para identificar quem eram. Eu estava fora. O piloto, o rival, o demônio foram apagados: um homem, afinal.

Para um homem se fala. A um homem que seja um homem, e só, pode-se falar.

Ele falou comigo por cinco minutos seguidos. Um discurso pretexto a favor das câmeras na frente dos boxes de Ímola. Uma dança de palavras sobre nada para me pagar pelos anos.

Olhe para o meu rosto, se conseguir encontrar o vídeo.

Depois, ele se fechou na garagem, para ter como sempre os seus quinze minutos de concentração. Eu o atingi.

Ele falava de verdade.

Ele reclamava do jogo sujo dos rivais. Da segurança. A morte de Ratzenberger tinha-o abalado.

Ele me contou sobre o balançar... O carro parado na pista após a batida. O balançar da cabeça sobre o corpo sem vida como um sinal hipnótico, um chamado obscuro.

Ele disse que era estranho, ou talvez uma sorte, que por dez anos não tivesse que ver a morte.

Ele se colocava em uma posição de fraqueza. Eu pensei que sua epopeia estava acabando, que algo tinha quebrado no esquema dentro de sua cabeça. Ou talvez ele tivesse passado além. Para um desafio "transcendental".

— Eu não tenho mais estímulos, Alain. Desde que você se foi, eu não tenho mais estímulos.

Estava mentindo. Por dez anos ele teria me enterrado, se pudesse. Até o último pódio, o olhar de cima, seis meses antes: eu campeão, mas ele acima.

Estava mentindo. Ele falava mais que monossílabos, mais do que uma frase dita aos pedaços. Ele conhecia, do meu corpo, mais do que a palma da mão.

Ele não era mais Ayrton.

Alain Prost

17/24

Havia uma sensação de suspensão com Ayrton. Porque tudo acontecia muito rápido e depois ficava muito tempo pairando no ar.

— Fala uma coisa para os meus meninos?

E ele se vira, zombeteiro, e me diz: *Vrooom!*

— *Vrooom*, entendeu?

Eu esperava três palavras somente, sábias; e ele se vira e me diz: *Vrooom*.

Lembro que pensei que ele era um idiota.

Os inimigos estavam certos em dizer que ele era um idiota.

Eu chorei depois.

Não nos víamos há um ano.

Eu pedi para falar com ele sozinho após uma apresentação no Japão.

— Eu estou voltando para São Paulo, Ayrton.

Ele me olhou sem falar.

Como sempre, preferia me olhar.

— É por isso, Cobra?

Ele apontou para os mocassins de couro. A camisa branca de príncipe e o suéter de caxemira sobre os ombros, amarrado no pescoço.

— É por isso, certo?

Balancei a cabeça negativamente.

— Eu estou velho, Ayrton. Não aguento mais essa vida.

Ele voltou a me olhar.

Me entenda.

Ele me entendia.

Entendia tudo, a ponto de me olhar além dos olhos; o olhar que ele sabia fazer, que eu tinha visto ele fazer duas vezes na vida. Ao pai que gritava, à mãe que chorava, e agora a mim, que não deveria ter o seu sangue.

Ele esperava que fosse porque ele estava errado. Que ele tinha feito algo errado, que ele tinha "se acomodado", não corria mais os seis quilômetros todos os dias e eu o estava punindo. Estava virando as costas para o orgulho dele.

Poderíamos encontrar um compromisso.

Balancei a cabeça negativamente.

— Se você vai fazer, faça bem-feito.

Murmurou, o início de uma frase. Depois mais nada.

Havia uma sensação de suspensão com Ayrton. Porque tudo acontecia muito rápido e depois ficava muito tempo pairando no ar.

Ele cerrava os dentes como se eu estivesse arrancando uma camada de pele. A dor insuportável de alguém que estava sendo esfolado.

Eu teria jurado que ele revivia quinze anos atrás. Desde quando ele veio — magrinho, Beco — até quando fazia trinta voltas exatamente no mesmo tempo, pontual. E no meio, a lenta construção de sua fortaleza.

A vida não tem circuitos conhecidos. Últimas voltas que se conheçam. A única defesa é construir seu próprio castelo de doçura.

Do corpo à alma. Quinze anos em que eu abri o mecanismo de acesso para ele, quinze anos em que tinha sido o pivô e agora o estava travando. E eu juro que nunca teria feito isso sem as cartas.[16] Traçados, valores que desmascaravam meu coração fraco...

Ayrton ficava em silêncio.

Ele começava a procurar um apoio. Outro mantra, mais profundo.

Ele recuava para suas trincheiras para se fortificar ainda mais.

Ele estava vagamente abatido. Vagamente desesperado. Vagamente surpreso que eu tivesse uma vida própria, que ao segui-la eu estragasse seu refúgio.

— Fale.

Ele me olhou e não disse nada, e os olhos diziam: Quando souber o que dizer.

Carlos Cobra, preparador físico pessoal de Ayrton de 1978 a 1992

---

16. Referência aos exames médicos que Carlos fez em 1992, quando deixou o Ayrton. Eles mostraram que ele tinha alguns problemas cardíacos. Traçados são as linhas de um eletrocardiograma. (N.A.)

18/24

Há algo, algo no herói, que diz respeito à ideia doentia do excesso. Mirar o limite, tocá-lo, ultrapassá-lo se necessário.

Nenhuma palavra, no caso. Nem eu para você, nem você para mim. E agora basta, há tanto a fazer...

Uma névoa de calor. Fagulhas e confetes tremulando como no Dia de Colombo.[17] Um ar amarelado, como o fim do mundo. Cinco milhões de pessoas, mais do que nos dias de onze anos, divididas em duas alas do aeroporto ao cemitério do Morumbi, e Senna vivo dentro do caixão.

Encaixado como no *cockpit*, o capacete ao vento, a mente em outro lugar como no momento de concentração. Ele fazia a volta de honra, a última, vestido de madeira

---

17. Feriado celebrado em comemoração à chegada na América por Cristóvão Colombo (N.T.)

maciça em cima de um caminhão de bombeiros, desajeitado. As pessoas choravam histéricas: uma festa de choro completa com panfletos e estrondos, um bater e revirar de instrumentos tribais.

E quando os portadores — cinco de cada lado, vestidos de luto, amigos-inimigos de onze anos — levantaram o caixão, eu pensei "Não, Ayrton, desacelere!". Eu disse em voz alta, na frente do dossel sagrado, com o tom peremptório de quando eu falava no rádio. "O que importa, Ayrton? Você já venceu…"

Ele já tinha vencido.

Ele estava vivo. Depois do acidente, vivo.

No necrotério, diziam, ele não estava lá. Eu não o vi. O habitual eremita em transe pré-corrida, ele viajou conosco no avião.

O comandante removeu quatro assentos na primeira classe e Ayrton fez a viagem conosco, em silêncio como sempre, máxima concentração antes da última corrida; e as pessoas se aproximavam dele e falavam e ele não ouvia nada.

Também não ouviu no Morumbi.

— Desacelere, Ayrton! — Ele não respondeu.

Não era diferente do normal. Mais tarde na corrida, você via se ele tinha entendido. Ele diminuía a velocidade, e o lado do cérebro vencia; ou ele continuava no próprio passo, curva após curva, desafiando as zebras, uma e outra vez. E não havia como repetir o conceito; gritar, apelar, fosse a um código de conduta ou a um mandamento divino.

Ele estava em êxtase. Outra dimensão, para ser claro. A pista se tornava eterna e ele simplesmente continuava indo. Que o primeiro depois dele estivesse a um minuto de distância não importava. Ele corria contra si mesmo para ir para onde eu via agora.

Como ele poderia me ouvir?

Ele nem tentou nos últimos dois anos, na agonia dos cavalos ausentes do motor, do bico muito afiado ou muito pouco, dos escapamentos altos ou baixos e das asas que não cortavam o ar. Quando percebeu que não podia mais vencer, fechou as comunicações e bateu a porta na minha cara. Para ir para onde eu via agora.

Há algo, algo no herói, que diz respeito à ideia doentia do excesso. Mirar o limite, tocá-lo, ultrapassá-lo se necessário. Algo que não é compreendido na teoria, algo que eu — meu Deus — que eu mesmo pagaria ouro para sentir.

Dizer o que há além: é para isso que os heróis servem. Se voltassem...

E na maioria das vezes, não voltam.

Agora eu vejo para onde Ayrton foi. Além da maldita parede da chicane de Mônaco (a corrida perfeita arruinada pelo seu ego), além da barreira verde da Tamburello, que separa a curva do rio. Agora ele está nesse rio. Ele estava lá sempre nos momentos de concentração, antes do esforço. Agora ele está lá para sempre.

Ele está no lugar dos cavaleiros.

Você só pode chegar lá em um carro que voa.

Ron Dennis, gerente da equipe McLaren

19/24

Ayrton havia quebrado as regras. O santo, o herói, o explorador audacioso se inclinara demais sobre o desconhecido.

Quando você alça voo — quando sai do corpo, quero dizer — é como entrar em um túnel. Assustadoramente semelhante ao que fazemos. Tudo ao redor desaparece, toda percepção mínima do mundo. A luta contra um oponente, a percepção do tempo externo. É o último grau de velocidade. O último egoísmo. Você à frente de tudo. Além de tudo. Você e a última fronteira, além da qual não há retorno.

Quando Ayrton veio me tirar do carro, eu estava quase completamente no túnel. O arco de sombras me engolia. A luz se estreitava nas bordas. O preto da escuridão, plano, em certo ponto, torna-se um funil. Fica mais denso, úmido. E você começa a escorregar para dentro dessa escuridão.

Nunca é de uma vez, posso dizer. Nunca termina imediatamente. Você perde os sentidos como se algo se rasgasse, uma dor intensa e instantânea, como uma picada de agulha. Em seguida, devagar, a morte injeta em você seu soro.

Quando Ayrton veio, perto do fim, quase senti raiva. Sentia-me livre como se aquilo fosse um descongestionamento. A luz ocupou um espaço vazio.

Antes, no mesmo espaço, um sofrimento insuportável tinha se expandido, um pensamento inconcebível. Mas não completamente. Cresceu, murchou, quase se tornou paz.

Sob o sol de Spa,[18] em busca do tempo, todos haviam passado. Meu companheiro de equipe também, passou

---

18. "Sob o sol de Spa" refere-se a Spa-Francorchamps, que é um circuito automobilístico localizado na região das Ardenas, na Bélgica. Este circuito é conhecido por suas curvas desafiadoras e sua história no mundo do automobilismo, incluindo a Fórmula 1. (N.T.)

com a mesma pintura branca e azul da outra Ligier,[19] sem perceber nada.

Ayrton parou quase na curva. Estacionou a McLaren no gramado, logo além da zebra, e saiu voando do *cockpit*. Percebeu tudo em um instante.

Meu carro girou no meio da pista, eu inconsciente preso nos cintos, o pé ainda no acelerador e nenhuma marcha, o motor funcionando em vão.

Ele veio tirar minha paz. Cruzou a pista a pé no meio de uma sessão de qualificação, subiu no *cockpit*, desligou o motor e me libertou. Mais alguns minutos e a Ligier teria pegado fogo.

Nunca perguntei a ele o que sentiu. O que viu. Alguém que fala com Deus deve ter sentido algo...

Mas nunca perguntei a ele. E ele nunca me disse nada.

---

19. Equipe Ligier, que participou da Fórmula 1 durante várias décadas, dos anos 1970 até os anos 1990. Fundada pelo ex-piloto de corridas Guy Ligier. A frase indica que ambos os carros faziam parte da equipe Ligier e tinham uma pintura semelhante. (N.T.)

Acredito que era para me proteger. O mesmo sentido de proteção que o havia levado para fora da McLaren para me socorrer, um instante antes do fogo, sob o sol belga. Ninguém deveria morrer na pista, não durante o seu reinado.

Chamei-o de "pai Ayrton", desde então. Aquele que me trouxe de volta ao mundo, que me fez voltar da morte para contar o que acontece, o que há no túnel. Mas não tudo.

Vi como um corpo exala a alma, mas do lado de fora desta vez. O esvaziamento repentino de um balão. Uma esfera cheia de ar que se fura.

Também um descongestionamento. E lá dentro, o túnel deve ter começado.

Abri caminho entre duas alas de uma pequena multidão e vi Ayrton deitado. Vi os pés, não o rosto. Me inclinei e me seguraram. Vi o peito, esvaziando.

Eu estava nos boxes quando ele teve o acidente. Problemas mecânicos. Eles não me disseram nada, eu continuei correndo. Depois de algumas curvas, encontrei a pista invadida por veículos de resgate, os carros dos comissários, uma multidão de funcionários, médicos, meros curiosos. Notei de um lado o carro, mutilado, e parecia que ouvia o estrondo. Parecia que o ar, todo o ar ao meu redor tremia, que uma voz, a voz de Ayrton, me dizia "Pare".

Freei bruscamente, antes de atropelar alguém. Estacionei minha Larousse[20] na grama, logo além da zebra. Saí do *cockpit*, atravessei a pista em direção ao muro do acidente. Sem ver. Sentindo sob os pés o asfalto, depois a grama, depois a brita. Os pés, as pernas paradas de Ayrton, o peito esticado e esvaziado. Como um feixe de luz. O pressentimento que vem de uma tremenda familiaridade com a morte. Mas não completamente.

Pensei: um por um. Uma vida em troca de outra. Como em certas antigas histórias do além. Você passa ileso se não desacelera para olhar. Se não se vira para trás. Deixe o chamado responder...

---

20. Uma equipe de Fórmula 1. (N.A.)

Ayrton havia quebrado as regras. O santo, o herói, o explorador audacioso se inclinara demais sobre o desconhecido. Para alguém que nem valia o esforço, ele se sujou com algo que o tornava vulnerável. E agora, pensei, na primeira oportunidade, o desconhecido voltava para reivindicá-lo.

Eu ainda senti um beliscão, a agulha fria no início do fim. O jogo se tornava de repente maior, e o jogo insignificante de derrapar pneus no asfalto não poderia te dar mais do que isso. O fim era um limiar.

Eu sabia, desde então, que ele não correria mais. Eu sofria por não saber, por não sentir nem mesmo o que restaria de Senna depois.

Erik Comas, piloto de Fórmula 1 de 1991 a 1994

20/24

Ele gostaria, talvez, que cada coisa ganhasse vida, que se irritasse na sala e depois abrisse a porta e saísse gritando seu nome. Mas ele não tem mais poder.

As coisas permanecem, do mundo de Senna. O pingente, a carteira de motorista, a Bíblia, a capa preta desgastada. A estátua de Nossa Senhora com as mãos juntas; aos pés, flores brancas e sedosas, flores amarelas e mais ásperas, os caules pontilhados por canudos de bambu. O capacete verde e amarelo parece o troféu de um decapitador.

No lugar de honra, há a foto em um porta-retratos prateado de uma criança. Expressão de surpresa ou espanto. O rosto parecendo prestes a chorar. Parece ver, em frente, o presságio.

Atrás de Ayrton criança — mantendo com dificuldade uma pose — Neide vigia, inflamada com olhos febris.

Ao olhá-los, com a certeza do depois, surge lá também alegria misturada com medo. O encanto final do que é materno: um instinto miraculoso para amenizar todo sofrimento, toda pena, mesmo injusta, toda inaptidão filial, ou estranheza apenas. Os olhos de Neide são um tribunal sem balança e sem espada, onde confessar o inconfessável tem esperanças fundamentadas de perdão. Eles encapsulam uma intimidade doméstica e onisciente, uma visão comprimida e sideral. Esses olhos emergem de séculos e lançam uma ponte entre o chão e as estrelas.

Atrás de Neide, o avô se destaca, uma figura desproporcional. O primeiro da nova linhagem transplantada para o Brasil de além-mar: quase uma silhueta de gigante. Tem rugas vesuvianas; no rosto, no pescoço. O resultado de infinitas explosões e fluxos de lava. Agora está exausto, esculpido, um pouco estranho. Alguém que conhece, para frente e para trás, distâncias maiores do que todos.

Antigas tribos brasileiras queimavam os pertences dos falecidos. Para que os parentes não se afogassem na lembrança e quem se foi não desejasse voltar. Mas Neide e Milton não souberam se desapegar das relíquias. Oferecidas aos peregrinos e, em sua maioria, escondidas em um quarto, mantendo uma estranha conversa com o invisível.

O *sancta sanctorum*[20] da avenida Nova Cantareira, bairro Tremembé em São Paulo, conserva para sempre (seja quanto for o para sempre de uma lembrança) um monte de recordações órfãs. Um cemitério de intenções. Absurdo, um campo de sementes murchas.

Pode-se imaginar que Senna esteja — parado, ocultado — em algum lugar de um canto da sala. Ou que a observe de fora, através da janela. Quem sabe o que faria, se pudesse fazer algo. Mexer no pingente, rezar para Nossa Senhora. Entrar na foto, acalmar o choro da iminente criança, dizer a Beco que depois viveria em uma crista muito mais íngreme.

Ele gostaria, talvez, que cada coisa ganhasse vida, que se irritasse na sala e depois abrisse a porta e saísse gritando seu nome.

---

20. O Santo dos Santos, local mais sagrado de um templo. (N.E.)

Mas ele não tem mais poder.

Ele, o espírito, tem o rosto negro — meio amargura e meio raiva — de quem se culpa e culpa o destino. É de se acreditar que não está satisfeito com como tudo acabou. Com uma escapada: como ir parar na brita, sair da competição quando ainda não se vê a linha de chegada. "As coisas que Senna odiava", diria alguém que o conhece pelo menos um pouco.

Ele, o espírito, não tem poder.

Provavelmente nem existe, mas se existir, não tem poder.

Não pode mover nada e conhece o brilho de tudo. Ele espera, é de se jurar, que alguém o reconheça como ele se reconhece. Agora que o ruído se dissipou, o redemoinho de uma vida em velocidade reduzido a um sopro de vento... Vale a pena que ela tenha passado, se alguém parar para procurá-la.

21/24

Ayrton, ainda criança, não deixava de se surpreender com a simplicidade.

Havia uma paz poderosa onde as vacas pastavam na grama baixa. Por quilômetros ao redor da cena estendia-se um silêncio adamantino, o ar esvaziava-se do supérfluo e tornava-se uma essência transparente, leve. A primeira abaixava a cabeça e as outras atrás, repetindo o mesmo gesto. Ayrton, ainda criança, não deixava de se surpreender com a simplicidade desses animais. A completa dedicação, a pureza devota com que atendiam à tarefa que a natureza lhes prescrevera.

Ele poderia observá-las por horas, junto com Lucky. Vinha vê-las todos os dias, o cão pastor à espreita: aproveitava o silêncio para preenchê-lo com o rugido dos motores em sua mente, na atmosfera cristalina espalhava pó mágico e a fumaça dos escapamentos. Lucky ficava ali para vigiá-lo, cada vez mais tempo à medida que envelhecia; depois, se lançavam lado a lado em uma dança frenética na floresta.

Lucky o antecipou um dia, vindo sozinho antes do amanhecer, escolhendo a hora com o instinto infalível dos animais, e não se soube mais nada dele. Desapareceu sei lá para onde, e Ayrton, já piloto e um pouco adivinho, jurou que era algum lugar por aquelas bandas. Quis construir sua pista lá, vinte anos depois. Mil metros por oito de largura, dispostos em círculo, onde corria com os karts para não perder o hábito e continuar aprendendo.

Não parou de procurar o cão: vasculhou cada centímetro do que restava da floresta enquanto traçava o contorno do circuito e a variante, e depois uma serpentina no ano seguinte. Ele peneirou hectares de terra, sem sucesso, para descobrir para onde o cão tinha ido. No campo das vacas, nunca o encontrou.

22/24

Minha motivação é vencer sempre.
Recuso-me a fugir da luta.

Devo sempre vencer. Isso é certo.

Se não venço, não me sinto satisfeito.

Faz parte da minha personalidade: levei uma vida para entender isso, perceber, e sempre apliquei isso às corridas. A coisa mais importante, a única que conta, é ser você mesmo. Não permita que os outros o mudem porque querem mudar.

Minha motivação é vencer sempre. Recuso-me a fugir da luta. É minha natureza, ir direto até o fim.

Uma vez me pediram para dar marcha à ré. Foi depois do primeiro campeonato que venci na Inglaterra, aos vinte anos. Meu pai me pediu para voltar ao Brasil e eu obedeci. Queriam que eu competisse no espírito do amador: não estava previsto que eu me tornasse profissional. Então pediram para eu voltar, e eu obedeci, passando seis meses longe das corridas como um morto-vivo.

Viajei pela morte estando vivo, se você entende. Eu sei o que é... Seu corpo apoiado sobre si mesmo como um sudário, uma mão — algo como uma mão fria — tapando sua boca, uma náusea que corrói, apodrece você por dentro.

Eles também viram. Deram-me permissão. "Seja piloto", disse meu pai, "enfrente o perigo se cada hora de perigo for uma hora resgatada de sua morte".

Não são palavras de homem...

Me pergunte sobre o perigo agora. Ainda faz sentido?

Há uma certa dose de perigo nas corridas. Ponto. Você está exposto ao risco. Ponto. Há riscos calculados e situações inesperadas que podem ocorrer. Você pode ir embora em uma fração de segundo. Um sopro em uma vela: puff! Desaparecido... Então você sabe que é ninguém. De repente, ninguém. Sua vida pode acabar de repente.

Escolha: enfrente — de uma maneira fria e profissional — ou fuja.

Eu não posso fugir. Faz parte da minha vida. Eu amo demais o que faço: aconteceu assim.

Foi a vontade de Deus, melhor dizendo. Para mim, foi a vontade de Deus.

Você acredita que eu senti isso?

É difícil falar sobre isso. Difícil quase tanto quanto senti-lo.

Você acredita ou não?

Dane-se...

Eu sei que eu senti. Eu vivi isso.

Foi na última volta do Grande Prêmio do Japão, enquanto eu ganhava meu primeiro campeonato mundial.

Eu estava lá agradecendo, rezando, e senti a presença dele. Visualizei, se você puder entender. Eu vi.

Não o homem barbudo, não uma luz branca, cintilante. Esqueça disso... Mas eu vi.

Foi algo especial na minha vida, uma sensação enorme. É um fato que eu carrego gravado na alma.

Ele está lá, entende?

Ele estava lá e está lá agora. O que mais importa? O que pode me acontecer?

É a simplicidade da natureza, que é real, que é a clareza da voz de Deus.

Vou direto até o fim.

Ayrton Senna[21]

---

21. Este capítulo é uma reconstrução poética de Ayrton Senna, com base em diversos documentários e entrevistas.

23/24

Ayrton Senna da Silva, nascido em São Paulo em 21 de março de 1960, tinha acabado de completar trinta e quatro anos.

Você respirava com dificuldade no limite da liberdade.

Empurravam-te um pedal do acelerador no estômago, a fundo, a esticada de uma reta que nunca acabava.

Abrias e fechavas a boca em uma mímica espasmódica.

Mantinhas os olhos vivos, fixos como vidro. Mais vivos e melancólicos do que nunca, direcionados a um ponto que não era a pista, que não era o objetivo da câmera.

Cerrava-os de repente, mantendo-os apertados em uma meditação incompreensível. E depois novamente abertos, inquietos, prestes a chorar. Piscavas devagar, como se espalhando lágrimas.

Giravas os globos para olhar para cima e imediatamente voltavam a descer, repelidos por uma luz, um peso.

Chegavas a pedir que fosse logo. Fazê-lo se tivesse que ser feito e fazê-lo rápido.

Ayrton Senna da Silva, nascido em São Paulo em 21 de março de 1960, tinha acabado de completar trinta e quatro anos. Corria sua centésima sexagésima primeira corrida, vindo da sexagésima quinta *pole position*, buscando mais uma vitória para adicionar às suas quarenta e uma. Mais duzentos quilômetros na liderança, se desse tudo certo.

Tapou os ouvidos para verificar a audição. Sentir como era estar surdo, isolado no capacete, uma bolha no ruído.

Engoliu em seco, soltou um suspiro.

Colocou o capacete e ficou atento.

Não combinava. Destoava, o capacete amarelo, no azul e branco do carro. O corcel rebaixado a um cavalo comum — nem mesmo o melhor de todos — quando ele o conquistou, cinco meses antes, após persegui-lo por dois anos. Esperava voltar a vencer — vencer acima de tudo; ao preço da aparência triunfante que tinha o vermelho ardente do macacão, do efeito que causava, rasgando, a carenagem branca e vermelha da McLaren, enfeitada como um maço de cigarros Marlboro e fumegante da cauda.

Ele nunca gostou de mudar. Não o fez consigo mesmo, o rosto de eterna criança cristalizado pelo tempo clemente, vencido mesmo naquela luta, ao que parecia, esmagado aos seus pés.

Ele lutaria de novo naquele dia, naquela pista sempre diferente, naquela curva maravilhosa, difícil, trezentos por hora na saída, que não podia ser movida.

— O que você acha, Gehrard, vamos movê-la?

Gehrard, o austríaco, balançou a cabeça, mostrou o rio que corria atrás.

Não podia ser movido, nada, nunca. Ou você fugia ou enfrentava, tentava ser rápido o suficiente para escapar. Acreditava que era, a menos que ela decidisse pegar você.

Ele lutaria de novo naquele dia. Não como das outras vezes: desta vez, com a sensação de que algo grande se aproximava.

Até a Bíblia parecia sugerir isso. "Hoje te darei a maior recompensa que posso. Eu te darei a mim mesmo". Abriu ao acaso no Gênesis.

Tentou tocar o queixo, a mão apoiada em sinal de perplexidade, uma represa contra um oceano; mas não podia. Seguiu a linha do capacete, tocou os controles no volante, tateou mais abaixo, com os pés, no fundo do *cockpit*.

Ele não gostava do problema com o pino da direção, lixado na junção e depois soldado para ganhar espaço, uma adição de risco a uma configuração já precária. Não gostava que um espectro habitasse sua mente: a cabeça de Ratzenberger que oscilava junto ao pescoço e se inclinava para um lado, sem vida.

Faltou-lhe clareza para imaginar cenas dramáticas. Algo tão grande... Se tivesse deixado fluir os sentimentos, na intensidade necessária para uma cena importante, teria fugido a toda velocidade ou morrido de medo.

Ajeitou-se dentro do *cockpit*, um pouco mais confortável do que da última vez: seu corpo de míssil que lhe apertava.

Inflou o peito em uma respiração e depois se fez pequeno.

24/24

A voz retumbante transformada no estrondo de um ferro contra um ferro, um som metálico que agora ouvia por dentro.

"Vem e descansa."

Ele havia imaginado assim.

Uma voz grande e branca, vinda de uma luz.

Ele sabia.

"Vem e descansa."

Lucky tinha ido às escondidas em direção à luz. Sozinho, sem fazer alarde. Tinham visto os sinais, as pegadas frescas, e dele nenhuma pista. Ele virou as costas e desapareceu. Um belo dia, quando foi chamado.

Terceira, quarta.

Murmurava as mudanças.

Engrenou a marcha.

A elasticidade saindo da curva.

A mente que ia livre e outra, a outra mente dele, por baixo, mantinha o diário de bordo.

Acelerou.

A voz retumbante transformada no estrondo de um ferro contra um ferro, um som metálico que agora ouvia por dentro.

"Vem e descansa."

E não o encontraram mais.

SOBRE O AUTOR

Leonardo Guzzo é um escritor e jornalista italiano. É apaixonado por esporte, cultura e relações internacionais. Escreve para os jornais *Il Mattino* e *Osservatore Romano* e para a revista *50&più*. Nasceu em Nápoles em 1979 e vive em Sapri, uma pequena cidade à beira-mar no sul da Itália. É formado em Ciências Políticas na Libera Università Internazionale degli Studi Sociali, em Roma.

Em dezembro de 2021, publicou seu livro sobre Ayrton Senna, em que conta com realidade, paixão e invenção, em tom épico e intimista, a vida e o mito do campeão de Fórmula 1.

GRAZIE MILLE

Agradeço ao Ayrton Senna, que colocou um brilho no meu coração.

Obrigado à gentileza e dedicação de Belkiss Siqueira. Devo a ela a aventura de cruzar um oceano, à doce tenacidade de Patricia Cavalcanti Marotta e à visão de Marco Sonzogni. Obrigado a Giorgia Meriggi pela sua amizade e apoio.

Agradeço à Renata Sturm por acolher este livro, ao Pedro Aranha, ao Rafael Bersi e ao Matheus da Costa por darem uma voz brasileira e um rosto encantador à edição brasileira.

Tenho enorme gratidão e amor pelos avós, Leonardo e Candida, por me trazerem o cheiro da América. Obrigado ao bisavô "Ciccio" por me deixar alguns rastros para seguir. A criança a quem ele sempre dava uma maçã agora volta ao seu lugar no Brasil.

Este livro foi composto por Maquinaria Editorial nas famílias tipográficas Dazzle Unicase, Degular e FreightText Pro. Impresso na gráfica Plena Print em fevereiro de 2024.